THE CASE OF
CHARLES DEXTER WARD

查尔斯·迪克斯特·瓦德事件

[美] H. P. 洛夫克拉夫特 著
[英] I. N. J. 卡尔巴德 绘
竹子 译

长篇克苏鲁神话图像小说
LOVECRAFT · CULBARD

北京时代华文书局

阿 卡 姆
ARKHAM

前 言

　　于 1927 年到 1928 年间完成的《查尔斯·迪克斯特·瓦德事件》是 H.P. 洛夫克拉夫特所创作过的最具雄心的几个故事之一。由于洛夫克拉夫特在世时并没有将之投稿给任何一家杂志社，这篇小说直到 1941 年才以删节版的形式首次发表在了《诡丽幻谭》上，而它的完整版则等到 1943 年才由阿卡姆之屋出版社刊印在了故事集《翻越睡梦之墙》中。自此之后，越来越多的读者开始将这篇小说视为洛夫克拉夫特在营造恐怖氛围方面做得最成功的作品之一。

　　小说以查尔斯·迪克斯特·瓦德从一家私人医院里逃走为起点，很快地为读者展现出一系列令人惊骇的家族历史，以及一个涉及盗尸罪行和其他复杂邪恶的阴暗地下世界。由于涉及一些洛夫克拉夫特笔下的常见主题——疯狂与禁忌的知识——这篇小说也对作者所创造的那些"神话"故事进行了补充。它还深化了洛夫克拉夫特作品中他最引以为傲的核心理念：一些险恶的力量正在我们的世界之外，以我们无法理解的方式运作着，而这些力量对我们毫不关心。在更加广阔的宇宙面前，世俗之事是如此的微不足道。这种渺小的感觉暗地里挑起了读者不安的情绪，创造出了一种几乎令人窒息的恐怖氛围。

　　由于洛夫克拉夫特对自己笔下作品的质量一直抱有深深的怀疑，因此他在世时一直拒绝发表《查尔斯·迪克斯特·瓦德事件》，故事中对于自我身份以及存在本质所做出的一再探讨或许也反映了他的这一想法。但是，那些关心死亡这一主题的读者并不会同意洛夫克拉夫特的看法。对他们而言，小说里包含了许多令他们感兴趣的内容。由于洛夫克拉夫特将故事的背景设定在自己的家乡——罗得岛州的普罗维登斯，因此他为这个奇妙而病态的故事创造了一个熟悉可信的现实环境，也让恐怖情节的出现变得更加骇人起来。卡尔巴德对小说进行了引人入胜的改编，极富技巧地将这些想法以图像的形式表现在了纸上，重新定义了小说的内容，并为之增添一种令人屏息静待真相揭露的紧张感。虽然洛夫克拉夫特对小说的质量有过许多担忧，但是——即便小说的正式发表不能完全消除这种担忧——卡尔巴德所改编的本书也足以证明他错了。

"可以通过这种方式妥善准备与保存的动物的精盐，如此一来，一个充满创造力的人便可以在自己的工作室里摆进整整一艘挪亚方舟，并且能随意地从动物的灰烬中唤起它完好时的模样；而通过相似的方法，利用人类灰烬中的精盐，一位哲人或许能够在不借助任何罪恶的死灵巫术的情况下，在尸体被焚化的地方，从灰烬中召唤出任何一位死去的祖先的模样。"

——勃鲁斯

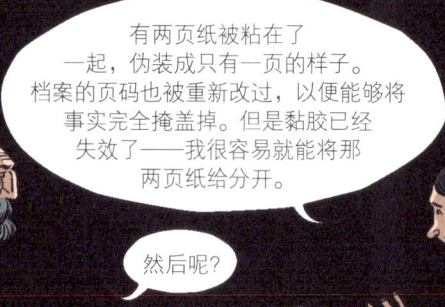

我已经检查过了好几百封过去的信件和日记，还有好几摞没有出版的回忆录。那里面有很多关于柯温样貌的叙述，但我没能找到有哪条将他的模样描述成一个三十岁以上的男人。

"他的年纪引起了很多的猜测……"

他已经活了很多年了，时间长到让大多数人都觉得不正常……他说这是合理膳食与大量运动的结果。

我们都曾看见他……很多次在夜晚……在墓园里……他有着奇怪的作息习惯。

我听说他是炼金术士……

"有许多私人书信和日记里都提到了柯温令人害怕的原因——有各式各样的理由。最后，人们像躲避瘟疫一样避着他。"

哈！流言蜚语和迷信的胡话！有更加可信的来源吗？

好吧，的确有一条很有意思的叙述，是一位叫约翰·梅里特的先生在1746年留下的。

"梅里特是位专注研究文学与科学的英国老绅士。有一次，他听说柯温拥有全普罗维登斯最好的图书馆后，就决定去见一见这个柯温。在会面中，招待他的图书馆主人向他展示了许多摆得满满当当的书架，这让他发出了由衷的赞叹。听到他的赞叹后，柯温进一步邀请梅里特去自己位于波塔克西特的一座农舍里看一看。"

一间农舍？

邻居们经常在午夜过去很久后还会听见那座房子里传来奇怪的呼喊与号叫声。

"梅里特没有提过那些声音。但他明确地表示，柯温'特别'的图书馆里有一小部分书让他对这个人产生了挥之不去的厌恶情绪。"

"那是个摆满了禁书的宝库。"

"在码头上，关于柯温的传闻则更加可怕……"

送进那地方的食物实在是太多了！不正常！他和他的仆人不可能吃那么多东西。

他安排了一艘装满黑人的船，停靠在了波塔克西特河的北面。他把那群人赶下了船，穿过乡村，去了他的农场，然后把他们锁在一座巨大的石头建筑里。那座建筑只有狭窄的细缝作为窗户。

不久前有一个皇家步兵团被调派到了新法兰西，我看见柯温和那些穿着红色制服的陌生人说了一会儿话，后来他们就失踪了。

从来没有人从那座农场里出来，这肯定不是好事。

水手们在听说过普罗维登斯码头上的流言蜚语后全都罢工了，于是大商人柯温用从西印度群岛雇来的人替换了他们，但这些替补很快变成了大问题。

1760年的时候，柯温实际上已经成了边缘人物。想一想，当时镇子贸易的很大一部分份额还是由他掌控的，这就显得非常奇怪了。

"大多数商家完全依赖他的货物补充自己的库存，他与本地蒸馏酒贩子、乳制品商人、养马人甚至蜡烛工的来往让他成为了殖民地的主要出口商之一。"

"有一两条记录特别提到，他用一种非常神秘不祥的方法去挖掘其他人的家族秘密，并且用这些秘密做些不太正当的事情。这肯定不是什么巧合。"

"偶尔，他会做出一副很有公民精神的样子，在一段时间内，那些引起争议的行为也减少了。不再有人神秘失踪，也再没有人见过他在墓地附近游荡。"

"但那些流言蜚语并没有消失。他名声上的污点已经完全无法洗脱了。"

这层阴霾已经让他陷入了孤立,而且如果柯温不能果断做点儿什么的话,这很快就会摧毁他的生意。所以他必须想个办法驱除这种影响。

但是,她就要嫁给埃兹拉·韦登了!

需要我提醒你——

不,你的确不需要提醒我,先生。你是怎么知道这些事情的?除非你能跟已经死了很久的人直接说话,否则你不可能知道。

我不能,也不会让我的女儿伤心,你别指望我会这么做。

噢,你能这么做。你能这么做而且你会这么做。你以为我今晚来是求你将你的女儿嫁给我吗?我可知道你们家族在历史上做过什么可耻的事情。

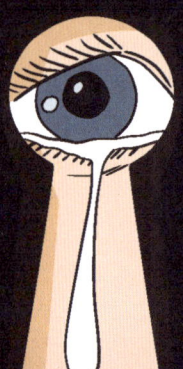

我不是在求你!蒂林哈斯特船长!我是在告诉你该怎么做!

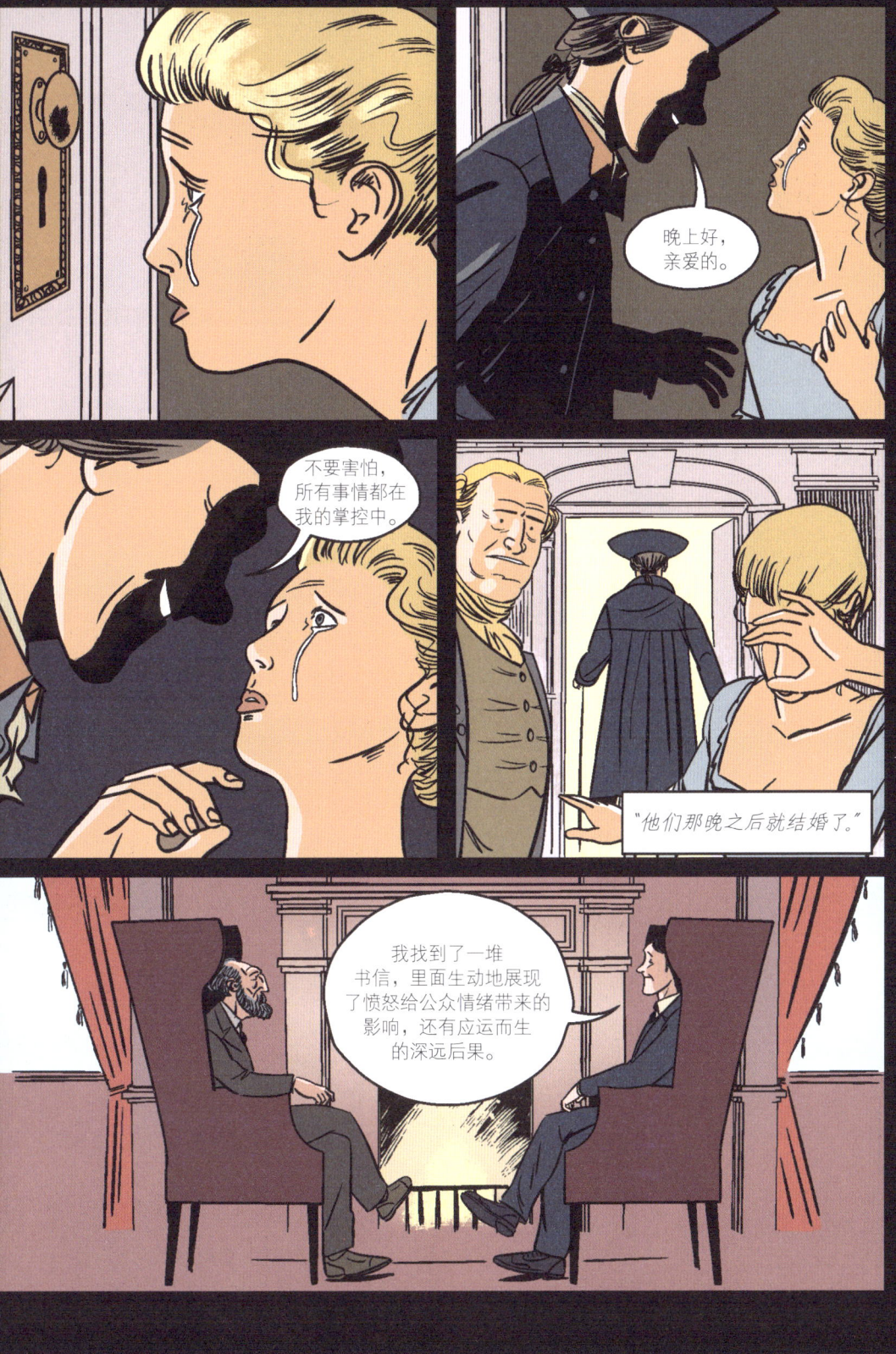

"那条河里漂着一些东西，哪怕顺流往下一英里都能看到——他们看到那些东西最后顺着瀑布掉下去。"

"其中有些甚至还在尖叫。"

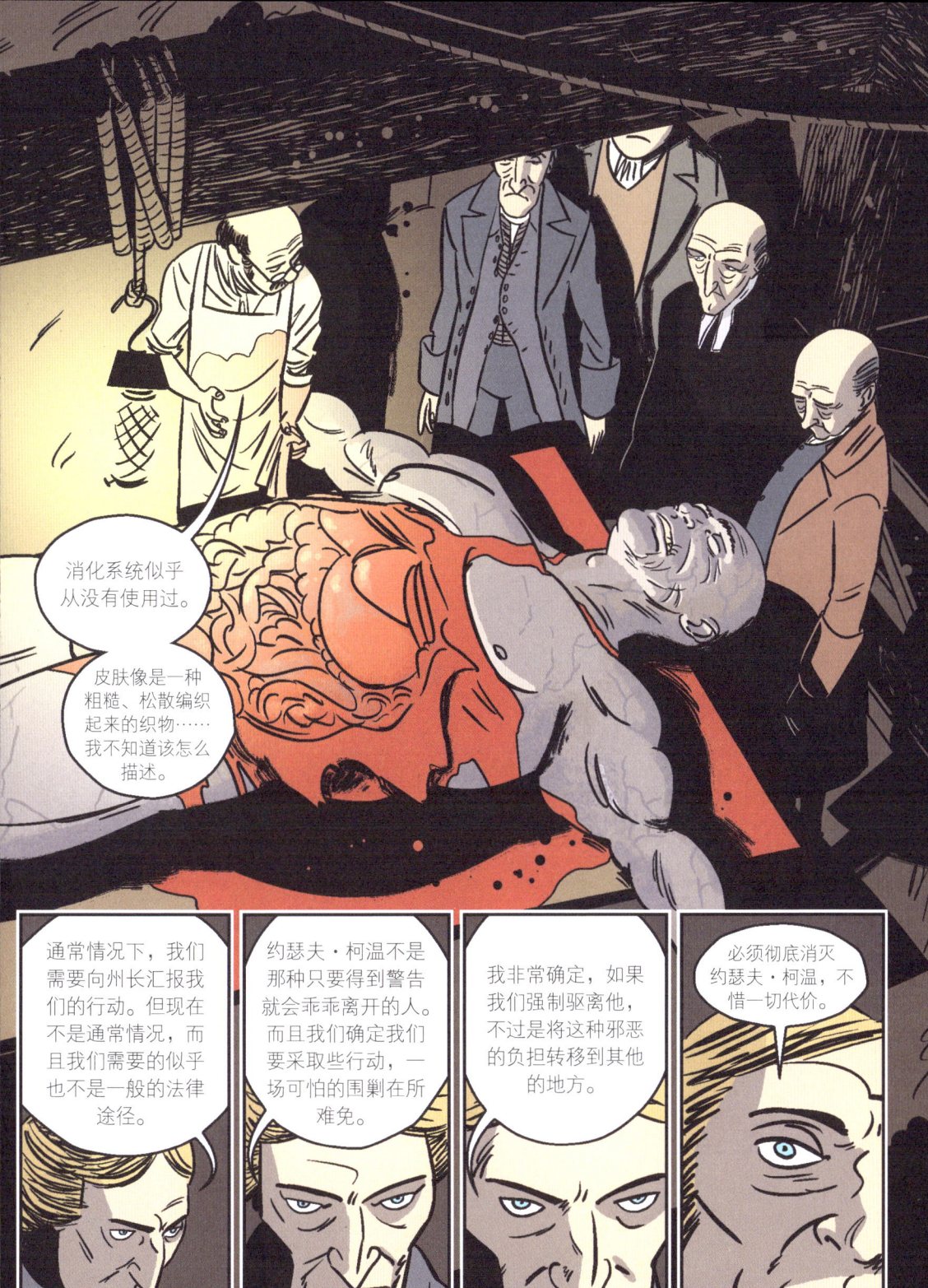

"霍普金斯船长带领另外二十个人偷偷潜入河谷,绕到柯温农场的后方,用斧子或火药捣毁掉那扇修建在山丘下面的橡木门……"

"第三支队伍分散靠近柯温农场里的那些建筑,其中由马修森船长带领三分之一的人占领那座窗户又高又窄的石头建筑。"

"我带领另外三分之一的人去农场的农舍。剩下的分散成一个包围圈,环绕在建筑群周围,等待我们的信号。"

哇哇哇哇哇哇哇哇哇哇哇哇哇哇哇!!

"听我的信号,等你们听到哨音,我们就从三个地方同时进攻。"

* 这段话是 17 世纪新英格兰地区流行的一种扶乩仪式上使用的咒语，据说它能够用来强迫一名恶魔为自己服务。

"好吧，根据一个从波塔克西特来的村民说，在柯温的死讯公布了大约一个星期后，他在田里发现了一具烧焦了的扭曲尸体。"

"那具尸体与村民们见过或者读到过的任何动物都没有丝毫共通之处。"

"改名后的伊丽莎·蒂林哈斯特卖掉了自己名下位于奥尔尼庭院的宅邸，搬去她父亲家生活，并在1817年过世。所有人都对那座农场避之不及，所以那地方最后成了一片废墟。"

"有记录显示，到了1780年，那里只剩下了一些石头与砖块。到了1800年，这些东西倒塌成了一堆看不出形状的土堆。"

我想出了一个归来的办法，而且找到了一些提到犹基·索托斯的词句。我见到了伊本·S提起过的那张脸。《断罪之书》的第三章诗篇中包含着锁骨。当土星在三分一对座时，画下火的五芒星，说出第九个韵文三次，那个东西会在天穹之外慢慢发育。

　　"过去的种子将由某个回溯历史的人来承担，虽然他不知道自己在寻找什么。"不过，如果没有继承人，这一切都无法实现。做盐的方法需要太多的样本，我几乎没有办法弄到足够的数量。周围的人开始觉得好奇了，但我还能对付得了。化学品很容易弄到。

　　我在按照勃鲁斯的方法继续，把《死灵之书》当作辅助。不论我得到什么，都会有你的一份。与此同时，每个十字架节和万圣节之夜都用一次我给你的那些词句。《约伯记》14:14。

　　我很高兴你又回到了塞勒姆，希望在不久后能见到你。

以阿摩西恩—梅塔特隆之名，
你的老朋友与仆人
约瑟夫·C

《约伯记》14:14？

"人若死了岂能再活呢？我只要在我一切争战的日子，等我被释放的时候来到。"

惊现夜间挖掘者

北墓地守夜人罗伯特·哈特今晨在墓地中最为古老的区域发现了数个陌生人和一辆卡车。那些陌生人受到了惊吓,在达成目的前就匆忙逃走了。

事发时是凌晨4点,哈特听到他的房子外传来了一阵汽车的声音。检查过四周,他在主干道上发现了一辆大卡车。那些人将一个大箱子装进了卡车里,然后开车逃走了。由于没有发现任何已知的墓穴遭到损毁,哈特认为那些人可能是希望将那只箱子埋藏起来。

在被发现之前,这些挖掘者肯定已经挖了很长一段时间,因为哈特在阿马萨坪中距离公路非常远的一处地方发现了一个极为巨大的洞坑。那一地区的老墓碑在很久以前就已经完全消失了。哈特所发现的洞不论大小还是深度都像是一座坟墓,但是空的;墓地档案中也没有发现与洞坑位置相符的埋葬记录。第二警局的莱利警官检查了现场,认为是一群精明并且冷酷的私酒贩子挖出了这个洞坑。他们可能想将之当作一个不太容易被发现的储存地来私藏酒精。在接受问询时,哈特称他认为那辆卡车是朝着罗尚博大道逃走的,但他并不敢肯定。

"我六点回到家的时候,发现她倒在阁楼的楼梯下。"

"然后我昏了过去，但我现在想不起来到底是为什么。"

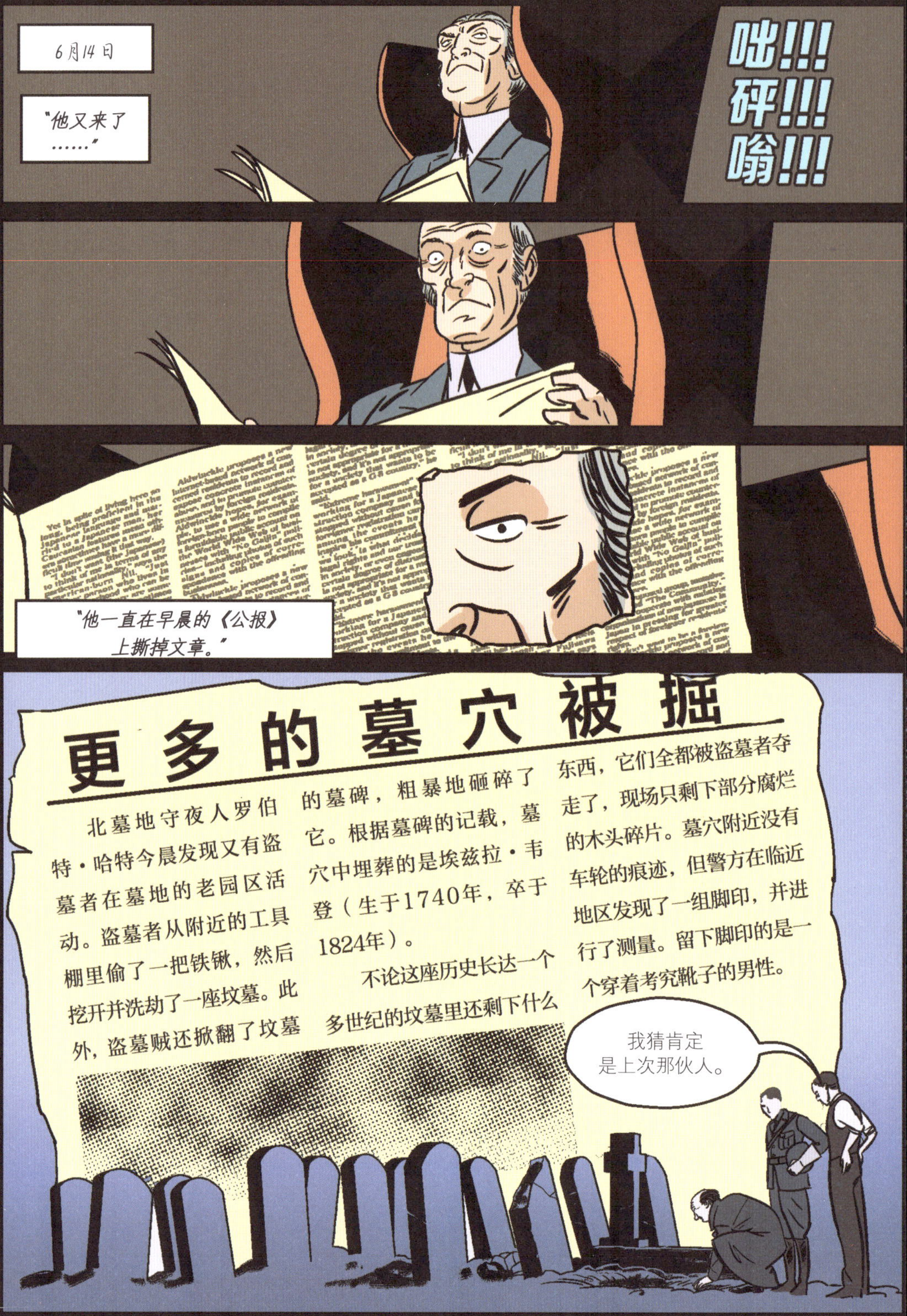

吸血鬼袭击！

普罗维登斯—罗得岛州发生了一系列吸食受害者鲜血的袭击案件。

夜间赶路的旅行者与睡觉时开着窗户的居民都遭到了袭击。

那些活下来的人统一提到有一个目光如炬、瘦削、轻盈、跳跃着的怪物，声称它会用牙齿紧紧咬住受害人的咽喉或上肢，贪婪地疯狂吸食。

"我建议瓦德夫人离开家，去大西洋城无限期地休养一段时间。我觉得她因为过度紧张，神经已经有些绷不住了。"

"在波塔克西特。一间破旧的小木头房子加上一间混凝土修建的车库。我听说他用高得不合理的价格买下了那个地方。"

昨天深夜,他叫了一辆货车把自己阁楼实验室里的东西都运到那边去了。

在那之后,他就搬回了三楼他自己的房间,再也没有靠近过阁楼。不过,他把大多数时间都花在了那个仓库里。

"还有另外两个人也在那个仓库里。一个面相凶狠的葡萄牙混血儿,他是查尔斯从水滨区找来的,好像是他的仆人。还有一个身材很瘦、看起来像是学者的陌生人,他戴着太阳镜,留着络腮胡子,名叫艾伦博士。我猜他在和查尔斯一起共事。"

"那一带流传出了一些奇怪的故事,说整晚都能看见光芒在燃烧。另外还有些当地人嘴里的古怪传闻,比如他们会从屠夫那里买了很多肉,多到他们根本不可能吃得掉;还有人听见了一些模糊不清的叫喊、朗诵、带节奏的吟唱和尖叫,他们觉得那些声音都是那个地方下方某个非常深的地窖里传出来的。"

所有这些事情听起来都像是另一个时代的重演……

普罗维登斯市 普罗斯佩克特街
1928年2月8日

亲爱的威利特医生,

　　我没有获得成功。相反,我发现了极为恐怖的事情。我在此恳求你的帮助与建议,希望能从一个全人类都无法想象与估量的恐怖中拯救我们:我发现了一个可怖的畸形。为了寻求知识,我发现了它——而现在,为了一切生命与整个世界,你必须帮助我再度将它推进黑暗里。

　　我已经离开了波塔克西特,而且再也不会回去了(不论你听说了什么,都不要相信)。我们必须彻底消灭那里的所有东西,不论是死的还是活的。我会在见到你之后告诉你其中的缘由。我已经回家了,而且将一直待在家里。我有些事情要告诉你,请立刻来找我。事情已经命悬一线,而我的性命与理智只是最微不足道的一环。

　　我不敢告诉我父亲真相,只告诉他我处在危险当中。他从一家侦探事务所里找来了四个帮手看守房子——但我不认为他们能起多大作用,因为他们要对付的东西非常强大,甚至就连你也几乎难以想象。

　　所以如果你还希望见到活着的我,希望听到如何能拯救宇宙免于完全陷入地狱的方法,请快点儿过来。

最庄重、最绝望地敬上
查尔斯·迪克斯特·瓦德

另,若见到艾伦博士,立刻开枪杀掉他,用酸溶掉他的尸体。

普罗维登斯市 普罗斯佩克特街
1928 年 2 月 25 日

亲爱的威利特医生，

　　查尔斯没有回来。艾伦博士打电话跟我说，查尔斯会在波塔克西特待一段时间，还说他不想被打扰。艾伦要离开一段时间，研究工作需要查尔斯多加留心。他同时还说查尔斯向我问好，并且很遗憾自己造成的各种麻烦。这是我第一次听到艾伦的声音，听起来好像很耳熟，这让我觉得很可怕。

敬上
西奥多·瓦德

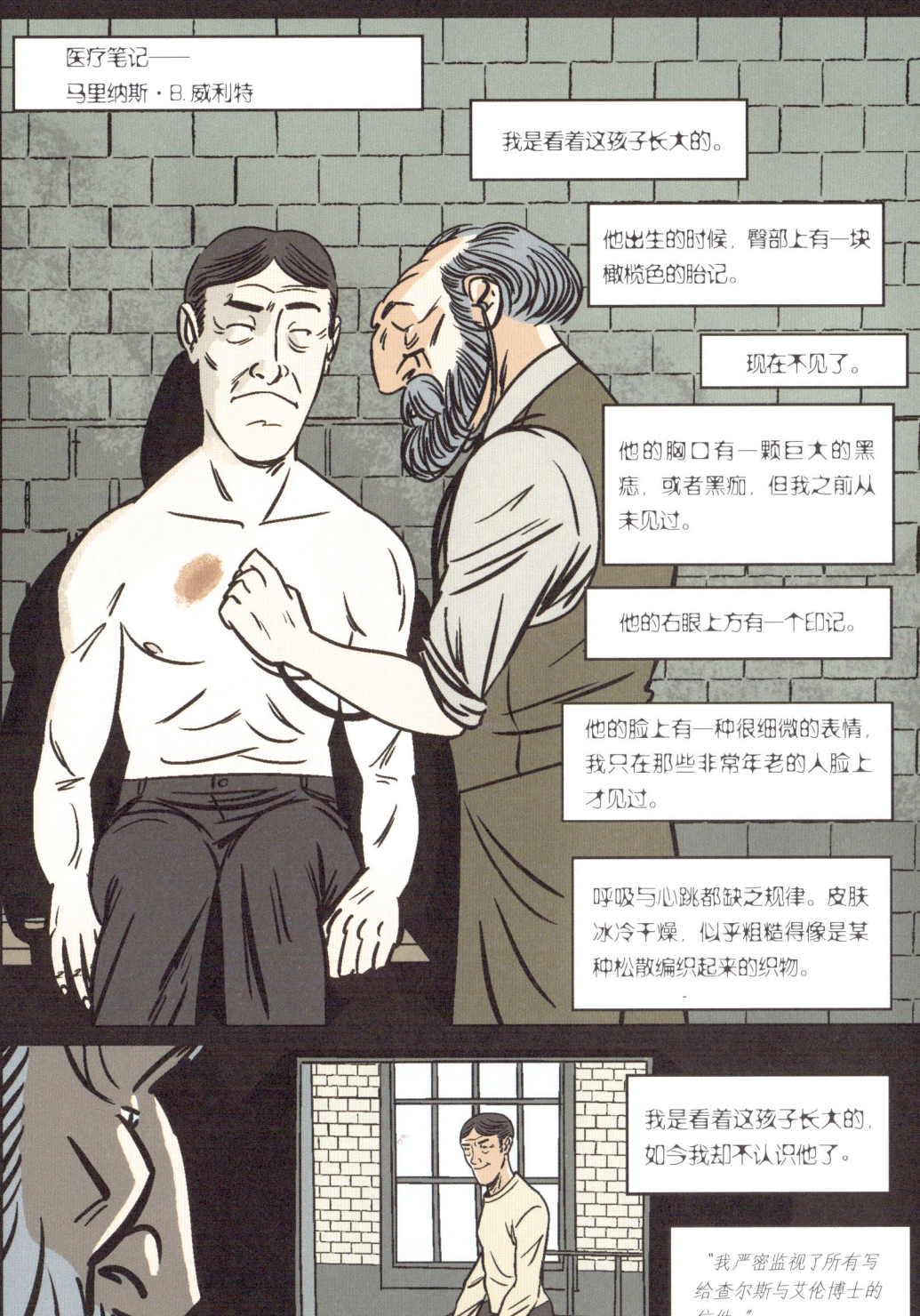

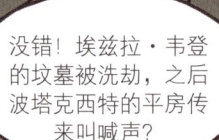

"我会继续探索这个地方。我会把所有事情都告诉你。"

* 此处念的是圣经中使用的主祷文。

没错，**约瑟夫·柯温**。真名中存在着无比强大的力量。

我知道你的魔法将那个孩子吸引了过去，让他从遭人厌恨的坟墓深坑里唤起了你。我知道你一直藏在他的房间里，后来又戴着胡子与眼镜外出露面。当他反对你洗劫坟墓的可怕行径时，我知道你决定做些什么，我还知道你已经做好了后面的计划。

"我知道你是怎么做到的。"

"你骗过了那些警卫……"

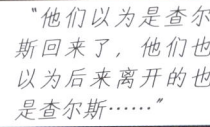
"他们以为是查尔斯回来了，他们也以为后来离开的也是查尔斯……"

"但你勒死了他。"

"而且我敢说，你以为自己很聪明。但没有聪明到能够估计出你们两个的脑子里装着的是不一样的思想。"

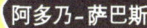

把这个当作是一种安慰：你的儿子从来都不是一个魔鬼，甚至也没有真正地发疯，他只是个热诚的、富有学术精神与好奇心的孩子，他对神秘学与历史的热爱毁了他。

他意外地找到了一些凡人不该知道的东西，追溯到那些不应该去追溯的岁月；有些东西从那段历史扑了出来，吞噬了他。

说到接下来的事情，我必须请求你尽最大的可能相信我。你能够在你位于北墓地的家族墓地里给他立一块墓碑——就在你父亲墓碑西面十英尺的地方，面向着同样的方向。

那块墓碑可以用来象征你儿子真正安息的地方。你不需要担心它下面埋葬着任何怪物或调包者。那个坟墓里埋葬的骨灰将来自于你那尚未转变前的骨肉——真正的查尔斯·迪克斯特·瓦德。

怀着深切的同情，规劝大家要坚忍不拔、沉着冷静、随遇而安。

我永远是你真诚的朋友，
马里纳斯·B.威利特

图书在版编目（CIP）数据

查尔斯·迪克斯特·瓦德事件 /（美）H.P. 洛夫克拉夫特著；（英）I.N.J. 卡尔巴德绘；竹子译 . -- 北京：北京时代华文书局，2019.10
书名原文：The Case of Charles Dexter Ward

ISBN 978-7-5699-3173-0

Ⅰ . ①查… Ⅱ . ① H… ② I… ③竹… Ⅲ . ①长篇小说—美国—现代 Ⅳ . ① I712.45

中国版本图书馆 CIP 数据核字（2019）第 260945 号

北京市版权著作权合同登记号 图字：01-2019-1905

First published in 2012 in English by SelfMadeHero
139-141 Pancras Road
London NW1 1UN
www.selfmadehero.com

Original story by H. P. Lovecraft
Adapted and illustrated by I. N. J. Culbard
Edited by Dan Lockwood

The Case of Charles Dexter Ward © 2012 SelfMadeHero
All rights reserved. No part of this book may be used or reproduced in any manner whatever without written permission.

查尔斯·迪克斯特·瓦德事件
CHAERSI DIKESITE WADE SHIJIAN

作　　者｜[美] H.P. 洛夫克拉夫特
绘　　者｜[英] I.N.J. 卡尔巴德
译　　者｜竹　子

出 版 人｜陈　涛
策划编辑｜黄思远　王雅观
责任编辑｜黄思远　王雅观
装帧设计｜迟　稳
责任印制｜刘　银　范玉洁

出版发行｜北京时代华文书局 http://www.bjsdsj.com.cn
　　　　　北京市东城区安定门外大街 136 号皇城国际大厦 A 座 8 楼
　　　　　邮编：100011　电话：010 - 64267955　64267677
印　　刷｜小森印刷（北京）有限公司　电话：010 - 80215073
　　　　　（如发现印装质量问题，请与印刷厂联系调换）
开　　本｜787×1092mm 1/16　　印　张｜7.75　　字　数｜66 千字
版　　次｜2020 年 6 月第 1 版　　印　次｜2020 年 6 月第 1 次印刷
书　　号｜ISBN 978-7-5699-3173-0
定　　价｜59.90 元

版权所有，侵权必究